たぶん書いてはいけない

南雲和代

詩集

たぶん書いてはいけない＊目次

Ⅰ　周縁へ

Ⅱ　少女たちへ

詩集

たぶん書いてはいけない

I　周縁へ

詩人と川の物語
――小川アンナと富士川

東の河岸に迫っているF市工場群　その向こうにか
くれている胃袋型の港湾からコーヒー色の内容物を
吐瀉させて西の河岸へ捨てるという文明の泥流が重
ねられる富士川右岸河川敷地図*1
富士川のほとりの小さな図書館は、小川アンナの気配を
濃厚に残している。川に向かう小さな扉は、夏の風に煽
られて現在から過去に開く。図書館を訪ねる鳥たちは詩
人の死を認めず雛たちを連れて扉を叩き、燕に置き去り

にされた無口な葦は、詩人の死を伝えるため首を振り続けるが誰も彼女を振り向かない。駿河湾に流れ込む富士川の河口に繁茂する夏の動植物群は枯れるために生殖の営みを繰りかえし、新しい命の誕生は、図書館を饒舌にしていた。

初夏から晩夏の季節。左耳の聴音を喪失した私は葦の妹となり固く青い烏瓜の実を摘みながら、右岸河川敷を彷徨い、図書館に通い続けた。ビルの屹立する灰色の街から逃れ、夏の河原に咲く藤色の葛の花のような絡み付く身体を失った老いた脆い心に微かに残る想いを抱えて、生涯口にしないと富士川の河原を歩き続けた。

図書館は近隣の財閥の別荘から譲り受けた多くの書物を所蔵していた。古い講談社現代新書を手元に引き寄せると、さらさらと時が落ちた。戦後、図書館に集まった地方文化を信じた若者たちは、詩人の公害闘争の中核となり運動を支えていく。

富士川水辺に生まれ、子を産み、子を亡くし、父を介護し、夫を看取り、五十代で詩人になった。獲得した表現の手法の総てを捨て、工場群の火力発電所建設を阻止する公害闘争に身を委ねた。近代化と引き換えに病んだ川たち。人たち。思いとうらはらに人の営みが村を引き裂いていった。

詩人は川を守り、残されたものは本名で書いた『その時住民は　富士川町の住民運動私記』という一冊の本。住民運動のバイブルとなった本を抱え、私は晩秋の富士川から阿賀野川へと、日常と不在の旅に出た。[*2]

＊1　小川アンナ詩集『富士川右岸河川敷地図』より。
＊2　佐藤真『日常と不在を見つめて』。

阿賀野川・晩夏

新潟の遅い夏は雪よりも白い雲で
空と海の境界を分岐し青と蒼に染め変える
遠い昔、裏切りだけを教えた他人と
夏を過ごした街は緩やかに老い続けていた

阿賀野湾と呼ばれる緩やかな河口を遡ると
夏の残した濃い緑の木々を水面に映して
上流の狭隘な渓谷にたどり着く
静謐な秋の訪れの時の彼方に隠蔽されるように建設された鹿瀬工場

誰の目にも可視化されないように
近代化の衣を被っていた巨大な工場群
高度成長に三千人の工場労働者を抱えた街は
すべてを備えた魔法の箱の奥底に多量の毒を隠していた
工場は村落に富をもたらし代償のように第二水俣病を発症させた
新潟の地から遠い南国の熊本の公害認定から
十年間の歳月を多くの関係者が目を瞑った
工場の排水口はメチル水銀を阿賀野川に
垂れ流し続けた

豊かな漁場だった阿賀野川
今もハヤの体内で測定されているメチル水銀
ハヤとヒトのどちらが発症しやすかったのか
誰も語らない

残酷な楼閣が与えた富は今でも加害者の責任を曖昧にしている
地域の誰もが責めようとしない加害者と
事実を言えない被害者の捻じれた関係の中を
長い歳月は過ぎていった

若い穂先を夏風に揺らす薄の芦原に横たわっている鹿瀬工場の残骸
新潟の遅い夏も私の想いも終わろうとしていた

参考
『新潟水俣病問題＊加害と被害の社会学＊』飯島伸子・船橋晴俊編著（東信堂）。
『「問い」としての公害—環境社会学者・飯島伸子の思索』友澤悠季（勁草書房）。

幻影の泪橋

——阿賀野川・盛夏

暗渠の思川に阿賀野川が流れこんだ夜
二十二日間続いていた熱帯夜は無言で多くの命を奪い続けていた
太陽は路上を容赦なく照らし
明治通りの交差点は車の流れに溺れ
泪橋はかつて地上を流れた思川の風を探しあぐねて昭和を漂い続ける
名前まで金に換えた男たちが流れて住んだ谷
古びた簡易宿泊所の並ぶ街
人権センターの庭に老いた男が酔って眠っている
男の夢の先の掲示板には夏祭りのビラが貼られていた

阿賀野川は居場所を求めて
遠く新潟から深い地下水脈をたどり
雪の鹿瀬工場から思川にたどり着いた
ふたつの街をつなぐ
光沢のないモノクロ印画紙の歴史
昭和の繁栄を支えた光と影
新潟の山村に三千人の企業帝国を構築し
幻のように消えた街
残された男たちは都会をめざした
加害者―被害者に二分された村の哀しみ
たれ流された工場の水銀
汚染された若い鮎

生きるために男たちがたどりついた泪橋
水先案内人は日雇いの日々に山谷に死んだ男たちの魂だったのか
生きることを許されず社会から抹殺され
胎内で流された胎児の叫びだったのか

遠い南国の地で公害認定された病の元凶は
放置された十年の歳月を北国の阿賀野川に流した
川底の魚に地上の人に沈殿し続けた水銀
高度成長の名のもとに隠蔽された殺戮
川は流れるだけで何もできなかった
川は願い続けた
阿賀の地で話すことさえ許されない病が
忘れ去られないことだけを
傷ついた川自身が語る場所を探す旅は

泪橋の小さな映画館で
盛夏
叶った

かつて山谷の男たちの写真を撮り続けた
餃子の上手な女性の営む小さな映画館＊は
泪橋のほとりに静かに佇んでいた

熱帯夜の夜
雪の阿賀野川は
映画館を白い粉雪で埋めつくした

令和元年八月　泪橋ホールにて『阿賀に生きる』（一九九二年）佐藤真監督作品再上映。

＊　映画喫茶、泪橋ホール。

かたちすらなかった
——阿賀野川・正月

うららかな正月の深夜だったという
阿賀野川にふりそそいだのは雪ではなかった
鹿瀬工場裏山の廃棄物捨て場が決壊し
汚物を含むヘドロ三万トンが崖をつたって
流れ下った
大量の汚物は工場を破壊し
民家や鹿瀬駅構内の線路を埋めつくし

阿賀野川に生息した魚を全滅させた

深夜の川底で正月を祝っていた
フナもウグイもボラもアユもコイもモガニも
春を待つことなく死んでいった
彼らを捕る村人のいない冬の安らかな日々は戻らなかった
魚たちは歌うことも踊ることもなかった
白い腹を晒しながら下流へと下り
凍てついた日本海に流れた

残酷な時の切断
遠い南の街の公害は雪に閉ざされた村落の
噂話にもならなかった
誰もが止めなかった

はらわたをとれば害はないといわれ
魚たちを弔ったのは村人の正月の食卓
雪は山間の村をただ白く埋めつくす

かたちすらなかった

死の川の支流に流れた魚たちは帰ってきたが
魚たちはことばを語らない

参考
新潟水俣病ガイドブック「阿賀の流れに」二〇一九年版　新潟水俣病共闘会議編。

終雪

——阿賀野川・早春

阿賀野川流域の細い灌木は
両手を挙げて
固くしがみついてくる
灰色の雪を押しのけると
万作の花が金色の花弁を揺らす
春のはじめ
終りの雪は灰色の根雪を隠すために
降り積もる

あまりに秘密に逝った命の萌芽
何が行われたか
誰も知らなかった
誰も聞かなかった
法を破ったわけでもない
自己選択という
残酷なことばで
母の胎内で選ばされただけだった

耳もとでささやかれた
遠い南国のメチル水銀の逸話
被害がないといっていたのに
ささやきはまぼろしか

さかなだって産めた子を
産むことなく諦めた
遠い南国では宝子と呼ばれた子を
諦めた

終りの雪が涅槃雪と名を変えた早春の夜
金色の万作を数珠に
ましろい辛夷の花を産着に
母の胎内から消えた宝子を
涅槃の雪は包んだ

参考
『宝子たち―胎児性水俣病に学んだ50年』原田正純（弦書房）。

海鳴り

梅雨の隙間からかすかな光が届く時
佐渡への道が拓く
北国街道に向かう妻入りの街を灰色に照らす
柔らかな光
　歩き続けても届かない海なり
太陽が海に落下するまで一時間弱
夕暮れを迎える出雲崎の街は
迫る山から夏風がからだを吹き抜ける
　からだに届かない海なり

岩礁の海と切り立つ山の底
新緑の稲のそよぎと蝶の羽音
若かった父母と夏を過ごした街は
静寂に待っていた
妻入りの街は視界から日本海を隠す
　思い出すら届かない海なり
海を染める光が良寛堂の扉を開けると
突然の海なりに聴覚は流された
　　　海なりは啼く
　　　　海なりは喘ぐ
　　海なりが叫ぶ
　海なりが街を包む
海なりが呻る
灰色の空を焼き尽くす沈む太陽

若い母が海の底から私を招く
ああ
私は今でも泳げないままだ
海なりは漆黒の闇を纏い美しい人魚に
姿を変え恋の歌を歌い
多くの若者を誘惑した過去を懐かしむ
海の底から美しく健康だった若い母が
私を招く
娘は海なりに叫ぶ
お母さん　あなたは私の母で幸せでしたか

海鳴りは出雲崎の妻入りの街を
ただ突き抜けていく

冬の花火

父は生き続けたかったのでしょうか

ことばを失くし半身不随になった父を
容赦なく癌は襲った
短い新潟の夏が終り
巻機山《まきはたやま》をキンコウ花が彩り
住吉神社の祭りの花火大会の夜
花火の灯りが魚野川に落ちる

旧盆の終りの日
亡者たちが冥土の扉を容赦なく閉じる夜
父の長い手術は終った
亡者に追われ冥土に帰る母はほんの少し
娘のために
父に猶予の時間を残した
父は雪の季節まで生き延びた

父の言葉は白い細かな雪片に変わり
降りやまない牡丹雪になった
哀しみも怒りも喜びも言葉も喪失した父は
ふり上げる拳すらなかった

父のわずかな命を刻み続ける時は

駆け足で過ぎ去った
キンコウ花の花が散り
巻機山は晩秋に姿を変え
父が幾度も登った山に雪が舞い落ちる
冬の終りの春を迎える薄い季節

魚野川の雪原から春を祝う花火は
打ち上げられた
父の死を悼むように
キンコウ花の花は幾重にも空に散った
父の愛した巻機山を金色に
花火は染め続ける

生きることを望まなかった父に

生きることを望んだ私は
父が亡くなっても
生き続けなければならない

冬の花火は父の送り火のように
白い山脈を染めつくす

私の村には水道がなかった

六十年前私の故郷はアフリカの少女たちと
変わりない村だった

神の峰から湧く水の毒で伯母たちは
次々と逝った
葬儀の翌日から水汲みは母と叔母の仕事になった
晩秋から早春まで、山村を埋めつくして
無言で積もり続けた根雪が村の飲み水だった
水は早春の固く狭い雪壁をぬけ

濁流となって魚野川になだれ落ち
固い根雪の下を流れ、村を取り巻く支流から
家にたどりつく

小学生だった母と叔母は桶で水運びを命じられ
朝早くから樽に汲み置いた。
その水で家族は口をすすぎ、
米を炊き、みそ汁を作り、田畑に出かけた
遊ぶことも許されず水汲みをした

母は算数とドッジボールが大好きだった
山に銀色の巨大な水力発電のダムができ
村に電気が引かれた

けれど何も変わらなかった
弟たちが次々と生まれただけだった
山の神は伯母たちを殺したことを詫びるように
村の田畑に芳醇な水を与え
母と妹が都会の闇に売られることから守った
村には鉄道も電気も小さな診療所もあった
ただ水道はなかった
六十年前、村に突然、水道は設置され
女に高等教育が許されるようになり
男は集団就職で故郷を捨てた

母は水運びを娘に語ることはなかった

砂漠の村の小さな少女たちは水を運び続け

一日のほとんどを家族のために
水を運び続ける
十代で家のために結婚を強いられる日まで

魚野川

父の余命が春までと、世間話のように告知された日、魚沼の地に雪は降り止まなかった。

現世と前世を繋ぐ魚野川は、雪に埋もれて、永い眠りについていた。凍てた川底に、岩魚も鮠も微かな息を吐いて川底の苔の底に身を委ねていた。春まで川は動かない。昔、村の兄さたちは、不在にする家への想いを川に流して出稼ぎに出た、冬に逝った亡者は骨のまま兄さの不在の家で春を待った。

顔も知らない父の姉たちは、山間の松川橋を渡り、上州の紡績工場に働きに行った。過酷な労働で、肺を患い、家でひっそりと雪を深紅に染めて亡くなったという。江戸時代から続く、古いだけの百姓家の証、わずかな山と田畑を、たった一人の弟に残すために伯母たちは魚沼の地を旅立ち、富国強兵の礎になった。

言葉を喪失した父の魂は、永すぎる歳月、魚沼の地を彷徨い続けた。吹雪の日も、真夏の陽の下も、言葉にならないジャーマン語で父は祈った。姉たちが守った田畑をスキー場に売った父の右脳大動脈は、二度と父に言葉を返さなかった。夢の中ですら、逝きたいと泣く父を現世に留めた母と娘の業。

父の命と引き換えにした、若い日の私の想い。砕け散った想いは松川橋から魚野川の急流に捨てたはずなのに、信濃川の支流として山間を流れる小さな川の慟哭は、北国の街に届くことはなかった。私は冬の鮠のように生きた。言葉を失った父を誰からも隠蔽し、雪に埋めた氷のような娘の諦念。

父の姉が越えた上州の険しい山から雪解けの水が、魚野川に注ぎ込み、凍てた水面が溶けた夜、川は春告の轟音を響かせた。父は鮠のような鰓呼吸を残し、息を引き取った。魚野川は、父を現世と前世を繋ぐ船に乗せた。

＊　魚野川　新潟県魚沼地方を流れる一級河川。信濃川の支流。群馬県谷川岳を源とし、水害をもたらした。生活用水として舟運も盛んだった。

フクシマに祈る

東北地方を襲った大地震は
津波に原子炉が破損し
福島はフクシマに変わった
チェルノブイリと並んで世界中に拡散した

あの日から六年目の春の日
あなたの夫の勤務先など
みんな、忘れていた
それなのに

あなたは突然
誰も悪くないと叫んだ

私たちは気まずく
春の日差しに沈黙が支配した

あなたは言ってはいけなかった
あなたは主婦であり　勤め人であったが
詩人だったのだから

あなたの詩の風や雨は美しいが
フクシマは原子炉から放たれた放射性物質が
風や雨を汚染した
だから

あなたは汚染された花を
語らなければならなかった

あなたは詩に夫との穏やかな暮らしを写した
だから
故郷を離れて暮らさなければならなかった
老いた人の悲しみを
語らなければならなかった
フクシマを祈らなければならなかった
あなたは詩人だから

誰も多くのあなたたちを責めてはいない
私たちは誰もが文明の中を生きてきたのだから

林檎

西の果て
遠い異国の草原の地は石棺に覆われ
地上の存在を許されない土地になった
不揃いの紅い果実も黄金の小麦も枯れ
石棺の中で汚染が消滅することのない
隠蔽された真実は東の果ての国も海に流した
海底の街を彷徨う魚群は原罪のように
はらわたの襞に土に還れないプラスチックのかけらを刻印され
汚染された海底の街で行き延びる術を摸索する

映像の真実に囚われ続ける私にあなたは言った
目を瞑ってフォッサマグナを
越えてごらん
赤い紅とスカートで
裂け目など幻影にすぎないのだ
と
踏み外したら一緒に地底の劫火に焼かれ消えればよい
骨の一片も残さずに
消えればよい
不毛な営みはことばすら残さなかった
誰も責任を取らなかった街は石棺すら選ばなかった
あなたには見えないフォッサマグナの底の絶望の炎は

安易に口にする愛ということばによって浄化されない
フォッサマグナの淵に長い歳月を立ち尽くし
老いてゆく恋人たち

ことばに変えて送り続けられた
燃え続ける神の火に焼かれた
不揃いの林檎
食べ続けたのならば
赤い紅とスカートで
フォッサマグナを
越えればよいのだと

東の果ての海の底で
あなたは固く眼を閉じて言う

始期

あの日から
左耳の鼓膜で蟬は孵化しなくなった
右手で右耳を塞ぐと
左耳は低いうねりのような音だけで鳴く
古い錆び付いたクーラーのうねりのような地を這う音
右耳の鼓膜で微かに聞こえる蟬の声は幻なのか

アブラゼミ
ニイニイゼミ
ヒグラシ

ツクツクホウシ
ミンミンゼミ

あの日、津波は、家を、動物を、木を、家族を、思想を、生活を、何も
　かもを海に流した
抉り取られた土の中に生息していた幼虫たちは
土砂とともに海に流された
古木の根とともに漂流したわずかな蟬たちは
羽化するときを幾年も待つ
身を寄せながら海の底で静かに
羽化するときを待つ
鳴き方を忘れないように
右耳の鼓膜で幻の孵化をしながら
脱皮のときを待つ

ジージリジリジリ
チィーチィー
カナカナカナカナ
ツクツクホーシ　ツクツクホーシ
ミーン　ミンミンミンミー

幼児から少年に変わるときを始期と呼ぶなら
津波がさらった海底の土の中から
蟬の始期が始まっているのだろうか
あの日から七年めの暑い夏
わたしの左耳の鼓膜の底で
鎮魂の羽化が始まっている

（平成三十年夏記）

Ⅱ　少女たちへ

茨姫

——「私」をほろぼすこと。そのほかにわれわれにゆるされ
ている自由な行為は皆無である——　『重力と恩寵』*

近代思想の森の奥の共同墓地に眠ったままの聖女
彼女は一冊の本も残さなかった

思想と信仰と激しい頭痛に生きた聖女は
茨の棘が女たちの心に刺さり続ける悲鳴に目覚めることはなかった
白い花を誇示しながら女たちの身体を縛り上げる弦を

切ろうとはしなかった
女たちは自由を他者に委ね永い季《とき》に身をまかせた
閉塞された寂しさに女たちは朽ちていく

硝子の棺の奥底で私は言葉の棘を折り続けた
難解な思想は褥にすらならなかった
歳月は激痛を疼痛に換えたが
革命も信仰も存在せず
愚かな血だけが流れ続けた

棘は生活の滓の中に捨てたはずなのに
寂寥と背徳は表裏一体
無力な言葉は硝子の棺すら腐敗させる

雪の匂いも
風のそよぎも
雨の音も
服従のなかで消滅し
女たちは不幸だけを紡いできた
言葉で子供が生まれると信じていた若い日の幻想
勁草書房は聖書だった

奪われた女だけが棘を折り続けた日々
捨てられた女だけが弦を刈り続けた日々
生きるために
血を流しながら
二十世紀は終焉した

＊　シモーヌ・ヴェイユの言葉。吉本隆明『甦えるヴェイユ』より。

諦念

諦めることさえ諦めて
諦めたものさえ喪失した
流れた時　砕けた心　老いた体
呼吸の仕方すら忘れた日々

遠い異国からの台風は哀しみを抱えながら
環状線の電車を止める
駅に集まる人々の群れ
風は羊のようにただ沈黙する人々を煽る

あの学生大会の日
おにぎりを握ったのは私だという友
ビラさえ残っていない
過ぎていく日常
安保もベトナムも大学の移転闘争も
あなたは学生大会の渦にいた
私たちは男友達のようであなたは親友の
恋人だった
諦めた眼差し　諦めたことば
身体にも心にも諦めさせた想い
他人のままに終わった日々
差し入れたという私のおにぎりは
私とあなたの関係のように偽りだった

異国のデモはあの日々と重なるのに
駅の人々は羊のように従順で叫ぶこともない
駅という駅から溢れる人々の群れ
あなたの夢は泡のように消えていく

諦めることさえ諦めて
諦めたものさえ喪失した
流れた時　砕けた心　老いた体
呼吸の仕方すら忘れた私たちの世代

駅に溢れる鳴かない羊たちは会社に向かい
期限付き民主主義すら奪われそうな
異国の声を乗せた台風は

日本の朝の駅舎をうねり続ける

祈り

たぶん
からだではない
こころが生きることに飽いていた

春先の霙が重い雪に変わった夜
北の教会は
わずかな信者のミサの讃美歌が続いていた
ロシア革命は
シベリアの凍てついた原野を通って、やっと

伝播した信仰を思想のために切り捨てた
隠れキリシタンの場のような小さな教会は
昔のままに祈りと蠟燭の光にうつしだされ
終雪の幻のうちにあった

どれほど
生きることに飽いても
からだは怜悧になりたかった
長い歳月
捨て続けてきた観念のことばも
他人を想うことも
捨てさることのできなかった命を嘲る
教会の壁の山下りんのイコン画は

信仰と芸術の狭間の苦悩の中にあっても
イイススの祈りに
仄暗い炎のうちに神に溶け込んでいた
遠い昔
酷寒のロシアの地で迷いながら
描き続けたという山下りん

たぶん
からだではない
こころが生きることに飽いていた
なにもかもに飽いていた

復活の祭りのない私に
春の日に生きる事が許されるのだろうか

＊　山下りん―日本人最初のイコン画家。正教徒　イリナ山下りん。
ロシアに留学しイコン画を学ぶがイタリア絵画に惹かれる。

中央一丁目十番地

――オールド・ローズの咲く街

廃墟のような街に
戻り梅雨は忘れた季節を甦らせる
朽ちた表札に並ぶ名前はどこも四人
幻の戦後民主主義の落し物
父と母と姉と弟
故郷の山間に捨てられた祖父母と
母の胎内で合法的に殺された三番目の命は
墓標のような表札に残されることは許されなかった

生温かい細い雨に誘われて
オールド・ローズは棘の先に季節を確かめながら
ねぼけた桃色の花の蕾を揺らす
香りのない蕾を時代遅れと恥じいるように
無人になった朽ちた廃墟の塀から
悲しそうに
顔を覗かせる

結婚する前に抜こうねといわれ
そのままにしていた
劣化した小さな親知らずを抜いた痛みは
口腔に
忘れていた経血の匂いを微かに思い起こさせた

死ぬ瞬間まで出産するという麒麟になれない人間の女は
産めなくなった残りの歳月をどのように生きろというのか
その日　平成の時代を騒然とさせた事件の七人が
日本各地の拘置所で刑死したことを知った

高度成長のために二つの街は一つになり
遺棄された古い街の名前
かわりに与えられた中央一丁目
過ぎた歳月
姉と弟は高層住宅で家庭を営み
置き去りにされた父と母は逝き
廃屋になった家の庭の片隅で
眠ったままに置き去りにされたオールド・ローズは
細い鼠色の雨に浮かぶ荒れた庭で小さな花をひらく

父母の名を呼び続けた幻の三番目の娘の魂のように
私は口腔に放置され
老いてから抜いた
小さな親知らずの歯を一瞬だけ悼んだ

港町の詩

今年も愛し合いすぎた恋人たちが天河を越えられない雨の七夕がきた。

昔、遠い異国に生まれた詩人は故国に似たこの街を愛した。紺碧の深い海にとりこまれ、夏を過ごした明治の詩人の街で、天河を越えられない秘めやかな恋の末裔がみたかった。

都会から　疲弊しことばも出ない仕事帰り、一人でたどりついた高台のホテルは、海鳴りだけで街も海も地続きのようで街の夜景は赤と青に彩られている。

おきざらしにされた七夕の飾りのように街には夏の気怠い魚の匂いが吹き寄せた。明け方の灯台の緑と赤の点滅に惹かれるように浜通りに迷い出た。


寂れた浜通りの街で迷い彷徨い続ける。

途方に暮れた私は空き家の持ち主に間違われ不動産屋に声をかけられた。

港ではじめての会話だったけど。老いた私と若い不動産屋では恋の詩は生まれなかった。

浜通りから、神社への道は緑に深まり
浜通りの砂で建てられた空き家は続いていた
海鳴りを追いかけるように。

遠い明治の詩人の詩の朗読会にいざなった。
琴の音が響き幻のように美しい人がいた

来ると思った
囁きは私にではない。詩人の声だったのかもしれない。
美しい人は見上げただけで一言も発しない
君のための曲だ
声は続いている
雨の七夕の天河のほとりで
捨てられ忘れられた老いた織姫よりも
私は
若く美しい女に激しく嫉妬した

公園の片すみに木を植える

窓辺の小枝を土に戻した日
雨は朝からやまなかった

水無月の雨の中
亡くなった母の庭で折った榊の枝は
淡淡《あわあわ》とクリーム色の小さな花が満開だった
花ざかりの榊は優しいだけの
小さな灌木だった

遠い昔、戦争で伯父は死んだ
ルソン島で玉砕した伯父は二十歳
残された母は十八歳
伯父の遺骨箱には紙切れ一枚
他はなにもなかった
残された者は、二人の女
生活のために恋人と別れ
一緒になった父は優しい人だった

抒情詩が好きだった伯父は今も
南国の雨に濡れているのだろうか

腰の曲がった小さな母は
榊を伯父の遺影に捧げ続けた

遺影の榊は花など決して見せなかった

国のために逝った兄への鎮魂と
戦争が奪った娘時代への惜別
兄を奪った時代を許した無知な自分への後悔

母は何も語らなかった

母の形見の水無月の榊は窓辺で花を散らし
九月には透明のガラスに白い根を拡げた
緑の榊がクリーム色の花嫁のように
幾年も咲けることを願って
公園の片すみに戻した日

雨は朝からやまなかった

夏の衣

夏の終りの日
西風が余りに柔らかく
眠れない歳月に腐食した身体の上を通過し
暁方*の空を流れていった
着続けた黒い喪服を脱ぐと
肌にくい込んだ黒いレースの下着はほつれて
西風に散った

暁方のほの暗い光を頼りに

黒いストッキングも脱ぎ
あてどなく宇宙を彷徨う地球の果てに
丸くまるめて投げ上げた
むき出しの足のほの白さは残酷なまでに
わずかな若さを誇示している

人は生まれた日から時の指を繰る
昭和二十年の夏
伯父が南方で玉砕して守ったものは
どこにいったのだろうか
私は伯父の戦いを知らず
私の幻の娘たちは
成田も水俣も沖縄もウーマンリブも知らない

不幸にして聡明に生まれた観念の娘たちよ
豊かさという喪服ですべてを許し
豊かな生活のため
フェミニズムを現実から乖離させ
曖昧に生きた私を許してほしい

娘たちよ
夏の衣を捨てて
暁方の光の糸で編んだ衣を纏い
したたかに華やかに生きてほしい
時に
西風は優しく吹く日もあるのだから

「WEF男女平等指数　日本は世界110位（二〇一八年）」を知った日に。

＊暁方《あかつきがた》　夜明けに近い頃。

膨疹

膨疹は浮気で不実な恋人
体液すら内包しない空虚な湿疹は
形もなく皮膚と皮膚の間をすり抜けて生きている
姿のない膨疹は存在したのか

身体中の薄い表皮を浮遊し続け
紅い蚯蚓腫れに腫れあがった肌は
痛みも痒みも僅かな時間で鎮静化した

父母の死も親しい人の裏切りも
心を傷付けてやまなかった過酷な想い出すら
右心房の出口に小さな隠れ家を持っていて
諦めた過去を甘やかに甦らせるのに
膨疹に記憶は存在しないのか

膨疹は執拗で意地悪な恋人
膨疹の存在を証明するのは
掻きむしった私の爪痕だけ
突然
足も腕も腹部も背中も唇すらも
容赦なく襲う暴力的な痛みと痒み
忘れた頃に季節を問わず
張りを失くした白い肌に孵る

膨疹は悲鳴をあげ続ける私の身体を
皮膚と皮膚の間を渡り歩き続けていく

空虚な膨疹に過去などない
神経線維は剝き出しになり
増殖するのは怯える時間
ただ、私の心が崩壊する時を待っている
私の身体が朽ち落ちる時を待っている

長い歳月を囚われ続けた
執拗で意地悪で不実な膨疹
彼に絶望は存在したのか
私に希望は存在するのか

たぶん書いてはいけない

無造作に投げ捨てた名詞
心の裂け目から雪崩れ落ちた助詞
感嘆詞は猫のように隠れたままだ
小さなニャン
と呼ばれた過去

シュレッダーで裁断した花の名
菫も向日葵も勿忘草も優しさすらも
脳の奥底の海馬で浮遊している
ひとの陥穽

を許せなかった日々

暗渠に流した女たちの名前
ローザ・ルクセンブルクとシモーヌ・ヴェイユ
中里恒子も矢川澄子も
路上に並べて叩き売った
マザー
と揶揄された想い出だけが残った

産むこともなく
話すこともなく
物語りの再生をする女たち
たぶん
書くこともなく

女たちの靴

都会の野戦病院の跡地に建てられたのは
図書館と養護施設と老人施設
戦後の長い歳月を異国に支配された土地
国のためにベトナムで戦い異国の野戦病院で
亡くなった若者たちの幻の石棺を糊塗するように
建てられた多くの公共建造物
図書館は心を病んだ若者が
養護施設は親に捨てられた子どもが
老人施設は子どもに捨てられた老いた親が

幻の石棺に囚われ続けて生きている

老人施設の昼下がり
午睡から目覚めた老婦人は呟く
戦争が終わった秋
銀座のホールに踊りにいったの
赤い靴と母が縫ってくれたスカート
箪笥に隠していた真紅の口紅を塗って
タンゴを踊ったの
情熱的なアルゼンチンタンゴよ
バンドネオンがすすり泣くの
コンチネンタルタンゴは苦手
男の子たちがみんな誘ってくれたわ
アメリカの兵隊さんもいたのよ

本当に内緒だけど
今夜も踊りに誘われているのよ
毎日　演歌と折り紙なんて嫌
でもね　誰も赤い靴を隠しているのに
気が付かないの
車椅子のあなたは私に唐突に問うた
あなたはタンゴを踊ったことがあるの

誰とも踊ったことのない私は戸惑う
私は心も身体も閉ざし
男女平等という幻の石棺の中で生きてきた
赤い靴は私を選ばなかった
思い出すら捨て老いようとする私の足に
未来を何処までも何処までも歩いていける

ユルスナールの靴は見つかるのだろうか

深夜の病院に泣く

台風は止むことなく吹き荒れている。
私の右の顔は風がうねっても雨が叩きつけても硬直したまま動かない。

台風は荒川に面した医大の救急センターを直撃していた。川の氾濫に備え病院は不夜城のように緊張していても、硬直したまま動かない空洞のような目から、涙だけが流れ続けるだけだ。ラムゼイ・ハント症候群の急性期の進行を止めるため深夜まで静脈に流し込み続けたステロイドは希望にすらならなかった。

台風に負けぬ声で呻き続ける患者たちが痛み止めを貰い眠りについた深夜

私は病室を彷徨い出、窓から公園を眺めていた。野戦病院のような整形外科の患者たちは身体にメスを入れられて治癒して帰っていく。現代の最前線の基地のような場所に私はそぐわないのだろうか。

私は貌を喪失しただけなのだ。

野戦病院は高齢者を歩けるように切り刻む。老女たちは生きることに貪欲で、痛みを希望に変えて叫び続ける。ストレスと疲労でウイルスに顔面の第七神経を切断された私は、哲学者のような病名を命名され、貌を喪失した。

昼はマスクに顔を覆い　深夜に声を殺して泣くことしか
許されない壊れた人形になった。
令和元年十月十二日　百年に一度の台風は吹き荒れてい
る。
私は私だけのために泣いてはいけなかったのだろうか。
硬直した顔に歪んだ嗚咽で、私は私だけのために泣いて
はいけなかったのだろうか。止むことを祈って私は歪ん
だ貌を両手で覆う。
公園の鉄柱をなぎ倒した風雨はまだやまない。

野戦病院跡地に桜が舞い散る

いつも窓から本に埋没しながら眺めていた。
けれどその土地が戦後、異国であり、野戦病院の跡地だ
と知らなかった。海の向こうから戦闘機は傷ついた兵士
を乗せて限りなく発着しただろうに私は知らなかった。

春には桜の花びらが公園を埋めつくし、海外の戦場から
野戦病院に運び込まれたという兵士の死体を悼み続けて
いただろうに私は知らなかった

たった一年で閉鎖されたという治外法権の野戦病院で何人の兵士が亡くなったのか。極東の地で無念に死んでいった若い異国の兵士の言霊を桜は鎮めようとしていたのだろうに私は知らなかった。

私は老いた学生で、若い頃学んだ恩師のもとで、現実の暮らしの中で桜の花びらのように散り続けた言葉を探していた。言葉は失った恋と引き換えに、パンや卵やトマトに変わり生活の糧に消えていった。

観念の世界を生きている恩師と若い女子学生に幽かに感じている妬心を糊塗するために図書館で本を読んでいたに過ぎなかった。

シモーヌ・ヴェイユもジュディス・バトラーも帰ってき

たが、パンや卵やトマトが言葉に変わることはない。私の身体も心も病み、軋み続けている。かすんでいく左目は、兵士の哀しみが視えるようになるのだろうか。

戦争反対のため、野戦病院を閉鎖に追い込んだ若い学生や住民の剝がした煉瓦はどこにいったのだろうか。自衛隊の駐屯地の後ろに建った野戦病院は紅の煉瓦の図書館に変わり、横の公園では桜の花びらの中、保育園の子どもたちが散歩を楽しんでいる。四十年前ここは異国であり、ベトナム戦争で傷ついた若い異国の兵士の野戦病院だった。

私は何も知らなかった

跋文

この本のうしろに添えて

栗原　敦

誕生に際して、なんの憂いもなく、全ては肯定されてある（べきである）ということに、私たちは気づいているのだろうか。必ずや、私たちはなんらかの、限定づけられた自身と境遇との下に生い立つにしても。いっぽう、個としての私たちが死に至るとき、全ては否定されたものになるのだろうか。私でないヒトたちやモノゴト、切り離し難い関係や現象や、イキモノやイキモノでもない宇宙の全てに由来する私は、解きほぐされて再び（あるいは、まるで初めてのように）、それらの微塵に戻るのだろうか。

この本の巻末に置かれた作品に見える図書館のある公園は、敗戦後の米軍キャンプ跡地で、のちにヴェトナム戦争のさなかに米軍の野戦病院が置かれることになった場所である。大学に入学して上京した時、県の学生寮に入れたのだが、翌年入寮してきた高校の同期生が通ったのが、そのキャンプ跡地と同じ区内にあった大学だった。数年を経てヴェトナム戦争野戦病院開設反対闘争に彼も参加して、機動隊との実力衝突を重ねて寮に帰ってきたりした。通学する大学にはそれぞれの課題が渦巻いていた。一年早く大学生になっていたからだろうか、私はすでに非暴力的な志向を抱いていたが、ガンディーの『わたしの非暴力』（森本達雄訳）の非暴力的抵抗に目を開かれるのはもう少しあとのことだった。のちに、壮年という年頃で彼は咽頭癌を発症した。入院中、奥さんの依頼で、担当医師の診断結果を聞く場に付き添ったこともある。告げられた短い余命のうちに、彼は世を去っている。

　著者、南雲和代さんに出会ったのは五年間の金沢在住中、中程の二年間でのご縁である。卒業論文の延長だったかと記憶するが、当時二十代前半の南雲さんは樋口一葉について勉強を続けていた。しかし、一葉・樋口夏子の貧窮生活の労苦と、若い南雲さんの個人的な内面がどこで関わるか、プライベートな内心には立ち入らず、また、郷里の新潟に関わる話題などには触れることもないままに過ぎてしまったのではなかったか。

互いに東京に住むようになってからも、時候の挨拶で無事を確認するくらいだった。まれに、仕事に関わる体験、困難を抱えた福祉や児童にまつわる挿話（目撃記事・証言記録・ルポルタージュなどの素材の一端を窺わせるもの）が掲載された冊子を送ってくれたことがあったが、早くからいわゆる「詩」を書くグループのいくつかに所属していたことは、全く知るところではなかった。「詩」作品を見せてくれるようになってから聞けば、長い間それらに所属してきても、「詩」の形での作品の発表をはじめたのは、最近のことだというのだった。その時々に見せて貰った個々の作品には、南雲さん個人の、詩的表現に至るまでの長いためらいや困難が隠されているように思われた。

多くの詩人、周囲の詩作仲間が書いているものたちに日々触れながら、なお自らが向き合っている沈黙の奥にあるもの、それがどのようにして表現できるのか、形をなしはじめたものが、はたしてそれらに類した「詩」なるものであるのかどうか、そういった問いに向き合い続けた時間は、この本の二部構成が交錯するあわいに焦点化されることになった。

「周辺へ」と題された第Ⅰ部冒頭に配された「詩人と川の物語―小川アン

ナと富士川」は、小川アンナ（詩人・本名芦川照江）の事蹟を胸に、関わりの深い富士川のほとりの図書館を訪れた紀行文のごとき形を呈している。一篇の作品として完結しない剰余を託されたこの作品は、ここにところを得て、自ずからなる「序詩」の役目を与えられている。あとに続く、著者の郷里に背負わされながら、表だって明かし難かったままに放置されてきてしまった無告の民の経験に、著者が長い時をかけて、気づき、確かめ、自らの半生に照らし合わせ、自身に連なってくるものとしての思いを込めて深めていった作品群のための導きなのである。

かくして、南雲さんの沈黙は発語へと転じられ、詩人と川の物語は富士川を阿賀野川に重ね、見出された無告の民の拡がりは、魚野川に、アフリカの水を汲む少女たちに、被災地フクシマにも及ぶが、近代社会の影に向かう批評の眼差しは、単に加害と被害の単純な色分けの構図に身を任せた告発の図式、あるいは、それに対抗する反論や弁解の図式などにとどまることを許しはしない。現在を生きることの、偽らざる実際の襞を、たじろがず、丁寧に取り出すことを「詩人」に求めている。

第Ⅱ部の「少女たちへ」で示されるものは、女性であることを生きなければならないヒトの、生きることの険しさ、様々なアポリアを課題にしているといえようか。もちろん、どんなイズムも思想的潮流も、それは他人を引き回す、指導的リーダーたちの勝ち負けや陣取り合戦のごときものであってはならない。「小さなニャン」は、幼い日のことなのか、いつも傍らか後方、半歩退いた位置に隠れて、あるいは追いやられて、表立たずに見つめていた存在の寓意なのか。第Ⅱ部の多くは、老年の自覚がこれから女性を生きていく「少女たち」への、いささか苦く、悲しみを湛えた認識として、かえって、慈しみの働きを伴ったエールとなることを願って配した作品たちなのかも知れない。

「たぶん書いてはいけない」を読んだとき、「茨姫」の表題の添え書きに『甦えるヴェイユ』によるものがあったことも響いて、吉本隆明の第二詩集『転位のための十篇』に収録された「廃人の歌」にある「ぼくが真実を口にすると　ほとんど全世界を凍らせるだらうといふ妄想によって　ぼくは廃人であるさうだ」といった詩句のことを思い出した。もちろん、南雲さんがこれをヒントにしたなどというつもりはない。

少し前に、開催できずに終わった催しの終わりに、ちょっとしたスピーチを添える予定があって、簡単なメモを用意した。おこがましくもその結びに、私は「〈詩〉に関わることは、自由を証明するための営みである、と私は思っています。」と書いた。この本に収められた作品を読んで、南雲さんの〈詩〉との関わりは、紛れもなく本物だ、と私は思った。

（実践女子大学名誉教授）

あとがき

　五年前の定年退職の春、忘れ物を拾いに行くと叫び、若い日の修士論文の指導教官であり、今回、跋文も書いていただいた栗原敦先生のもとで、科目履修生として若い院生の皆様の中で学びなおす機会を与えていただきました。

　宮澤賢治や詩の研究の第一人者である先生に学ばせていただきながら、児童福祉の実践者として、若い日の修論「樋口一葉」が描いた世界を現代に映すような環境の中での仕事を生業として過ごしてきた私にとり、忘れ物を見つけることは難儀を極め、ご迷惑をおかけする日々が続いていました。

けれど、昨年の秋、健康だけがとりえのような私が、初めての入院生活を送ったことを契機に、拙いものを活字にする決意をしました。年が明けて、新型コロナウイルスの感染が世界中を席捲する中で、これらの「ことば」たちがどのような括りの中に入るものか、ためらいながらの作品集になりました。もし、これらの作品を「詩」の末席に入れていただけるのならば幸いに存じます。

作品については「詩と思想」、「詩都」、詩誌「地平線」、「いつかだれかにわたしの想いを」『永瀬清子現代詩賞作品集』（ＮＰＯ法人　永瀬清子生家保存会刊行）等に掲載したものです。

最後に、お忙しい中、跋文を書いてくださいました栗原先生を始めとして、長きにわたり一篇の詩も書けなかった私を、終刊まで同人として所属を許していただいた詩誌「驅動」の発行人の飯島幸子さん、故周田幹雄さん、小山田弘子さん等、多くの皆様にあらためて感謝のことばを申し上げます。

そして、出版にあたり、土曜美術社出版販売社主の高木祐子様には、的確なご教示と温かなご配慮をいただきまして厚く御礼申し上げます。

最後に、高島鯉水子様には故郷の山脈と川を思いおこさせるような装丁をありがとうございました。

コロナが終息する日を願いながら
二〇二〇年八月一日
南雲和代

著者略歴

南雲和代（なぐも・かずよ）

1954年6月　新潟県生まれ。

1979年　金沢大学大学院修了

所属　詩誌「地平線」「詩都」、日本近代文学会　等

現住所　〒114-0013　東京都北区東田端1-6-6-402

詩集　たぶん書《か》いてはいけない

発行　二〇二〇年十月二十五日

著者　南雲和代

装丁　高島鯉水子

発行者　高木祐子

発行所　土曜美術社出版販売

〒162-0813　東京都新宿区東五軒町三—一〇

電話　〇三—五二二九—〇七三〇

FAX　〇三—五二二九—〇七三二

振替　〇〇一六〇—九—七五六九〇九

印刷・製本　モリモト印刷

ISBN978-4-8120-2572-7　C0092